AF359995

ÉLOGE

DE LA MÉDISANCE

LES ÉLOGES

Éloge du DÉSORDRE, par Gérard BAUER. ◊ Éloge de LA FRIVOLITÉ, par André BEAUNIER. ◊ Éloge de L'IGNORANCE, par Abel BONNARD. ◊ Éloge du SNOBISME, par Marcel BOULENGER. ◊ Éloge de LA CO-QUETTERIE, par GÉRARD D'HOU-VILLE. ◊ Éloge de LA CURIOSITÉ, par Émile HENRIOT. ◊ Éloge de LA MÉDISANCE, par Abel HERMANT. ◊ Éloge de LA BÊTISE, par Louis LATZARUS. ◊ Éloge de LA PARESSE, par Eugène MARSAN. ◊ Éloge de LA LAIDEUR, par Francis DE MIOMANDRE. ◊ Éloge du MENSONGE, par Étienne REY. ◊ Éloge de L'ÉGOÏSME, par Paul SOUDAY. ◊ Éloge de LA GOURMANDISE, par Jean-Louis VAUDOYER.

ÉLOGE

DE

LA MÉDISANCE

PAR

ABEL HERMANT

Se trouve
à Paris chez HACHETTE Editeur.

TOUT est dans tout. Chaque vertu a son avers, comme une médaille ; et des poisons les plus noirs d'experts praticiens tirent habilement des remèdes capables de guérir. Cette considération nous a fait penser qu'il serait excessif de condamner toujours sans appel les défauts que l'on voit habituellement aux personnes appelées à vivre en commun, c'est-à-dire à toutes celles qui composent la société.

Que penserait-on d'un homme que l'horreur entière du mensonge obligerait à dire toujours la vérité? Il finirait en cour d'assises, sous l'accusation de calomniateur et perturbateur de la paix publique. Que pourrait-on attendre d'une femme qui ne serait point un peu coquette? D'un causeur qui se défendrait d'être médisant ? D'un savant qui n'aurait pas de curiosité ? D'un amphitryon qui ne serait pas lui-même adonné à la gourmandise ?

ÉLOGES DES DÉFAUTS

D'un homme d'esprit qui ne saurait pas être bête quand il faut? Ils tourneraient tous bientôt à la misanthropie la plus hypocondre et seraient à fuir, comme Alceste, dont c'est l'erreur d'être à ce point intransigeant sur la vertu.

Philinte n'est pas moins honnête ; mais il sait mieux user des hommes, et ne déteste rien tant que l'excès. C'est pour lui que nous avons entrepris cette petite collection d'éloges des défauts commodes, utiles, nécessaires, qui s'appellent la Médisance, la Gourmandise, la Frivolité, le Mensonge, la Coquetterie, etc...

Sous le voile transparent de l'ironie, la morale la plus difficile y trouvera son compte et sera très exactement servie. Mais, pour une fois, avec gaieté, ce dont nul ne pourra se plaindre.

LES ÉDITEURS.

ÉLOGE DE LA MÉDISANCE

JE fus, en l'année de grâce 1912, favorisé
d'une vision. J'emploie cette expression,
parce qu'elle est consacrée ; mais outre
qu'elle m'a toujours semblé ridicule, elle
a pris un petit air cafard assez déplaisant,
depuis que le progrès des lumières ne nous
permet plus d'imputer ces sortes d'accidents
à une faveur de la divinité. On ne s'en
vante point : on se soigne, et le plus secrète-
ment possible.

M. Taine, dans son livre *de l'Intelligence*,
nous raconte l'histoire édifiante d'un gentleman de Glascow, qui, à la suite d'une
attaque de choléra, devint sujet à des hallu-
cinations. Il voyait des fantômes lillipu-
tiens, vêtus de jaquettes et de culottes

couleur de pois verts, qui dansaient sur son bureau à écrire. Mais, comme ce gentleman était un esprit supérieur, il ne croyait pas à la réalité des apparitions. Il donnait de grands coups de poing sur la table, en criant : « Allez à vos affaires, impudents coquins ! » et il était aussitôt délivré.

Nous avons aussi trop de goût en littérature pour souffrir désormais ces fantasmagories, dont la moins apocalyptique nous semblerait encore trop entachée de romantisme.

J'étais à Venise, où, malgré le soin que je prends d'éviter le Lido, les grands hôtels, de ne point pratiquer les gondoles, et de me promener, sinon à cheval comme Byron, du moins à pied par les rues, je ne puis échapper le contact des voyageurs étrangers et des snobs. Aussi l'amour que j'ai pour cette ville m'engage-t-il à y retourner toujours et, dès que j'y suis, à m'enfuir. Je ne m'en vais jamais bien loin ni pour longtemps.

L'un des abris d'élection où je cours, quand je n'en puis plus, me cacher et bouder deux

ou trois jours, est la cité de Padoue : j'ai pour elle une dévotion particulière. Je dis bien pour la ville, non pour « le Saint », pour saint Antoine, à qui je ne dois ni, d'ailleurs, je ne demande rien. Je sais trop d'avance qu'il ne me fera jamais retrouver un objet perdu.

Le bon Dieu reconnaît les siens ; mais il est si bon qu'il fait semblant de reconnaître tout le monde. C'est pourquoi l'on dit, je pense, que mieux vaut s'adresser directement à lui. Les plus grands saints ont l'esprit moins large, ils font acception de personnes. Je ne saurais être en odeur de sainteté auprès de pas un d'entre eux, mais singulièrement de celui-ci, qui réserve le bénéfice de ses miracles à de petites gens. Aussi, lorsque je me rends à Padoue, ne suis-je jamais hâté de visiter sa basilique, dont le grandiose et le clinquant me laisse froid. Je vais plutôt faire une politesse à Sainte-Justine ; mais je préfère infiniment la chapelle de l'Arena, que Giotto peignit à fresque.

Je ne jurerais pas que je la préfère au

point où je le dis. Il ne paraît pas douteux que notre amour des primitifs ne soit un peu forcé. L'honnête homme, à un certain degré de culture, ne peut goûter avec une sincérité entière cette grâce ingénue et gauche. Je sens des ravissements nouveaux chaque fois que mes yeux revoient les histoires de la Vierge et du Christ rangées sur trois étages, dans leurs cadres peints de fruits et de verdures ; mais je n'ai plus assez d'innocence ni de simplicité pour être satisfait en même temps que ravi. Qu'est-ce donc qui ne me contente pas?

La naïveté de cet art est plus rude que fade, et je n'ai pas le droit de dire que ce qui lui manque à mon gré, c'est le loup dans la bergerie. Giotto a peint dans le soubassement sept figures allégoriques de Vertus ; mais il n'a pas douté de peindre les sept Vices correspondants, et s'il n'a pas flatté les Vertus outre mesure, il n'a pas ménagé les Vices. Je ne trouve cependant point parmi eux le repoussoir que je souhaiterais ; jamais — qui saurait dire pourquoi? —

je n'en avais plus senti le défaut qu'en ce mois de septembre 1912.

Je regardais le *Désespoir* sans intérêt, parce que c'est une sorte de désespoir trop particulière, et qu'il aurait fallu que je fusse ému d'abord par l'*Espérance* qui lui fait pendant. L'*Infidélité*, non plus que la *Foi*, ne me tirait de mon indifférence, ni l'*Injustice* et la *Justice*, ni l'*Inconstance* et la *Force*. Cédant à une perversité trop facile, je considérais la *Colère* et la *Folie* d'un œil plus favorable que la *Tempérance* et la *Sagesse* ; mais ni Colère ni Folie n'avaient aucun trait du Vice nécessaire, dont l'absence m'irritait. J'avais comme un pressentiment que l'*Envie*, qui s'oppose à la *Charité*, lui eût ressemblé davantage ; mais ce n'était pas encore cela. Je sortis assez brusquement, et pour me délasser ou me divertir d'une recherche aussi oiseuse que vaine, je me mis à me promener par les rues qui sont bordées toutes d'humbles portiques et pareilles à de longs cloîtres tortueux.

On ne peut flâner sous ces arcades sans se

recueillir ; et c'est principalement pour ces heures de loisir et de méditation que j'aime l'antique cité de Padoue. Mais j'étais à peine depuis deux minutes, comme disent nos vieux auteurs, « dedans la rêverie », que j'eus cette vision que j'ai annoncée ; elle me réveilla en sursaut. Une femme passa près de moi, et je reçus d'en-haut l'avis qu'elle était justement la personne que je cherchais.

J'avoue que, sans la circonstance de cet avertissement, l'idée ne me serait point venue de la prendre pour une allégorie. Elle semblait en chair et en os, n'avait rien d'abstrait dans le corps ni, dans la physionomie, rien de primitif, et n'était point habillée à la manière des Vertus et des Vices de Giotto. Elle suivait la mode de Paris, qui était encore, à cette époque, le meilleur moyen de ne pas se faire remarquer : une douzaine d'années plus tard on n'en pouvait pas dire autant. Si elle n'avait pas l'air d'un symbole, elle avait l'air encore moins d'une de ces poupées que l'on fait asseoir sur les divans à côté des personnes naturelles. Son visage n'était pas fardé, ou si peu que rien ; ses cheveux n'étaient pas coupés court ; son chapeau n'était pas un pot renversé ; elle avait une forme de femme, et je pense que les traits de son visage étaient réguliers, mais la mobilité en était si étourdissante qu'il devenait quasi impossible de se faire une opinion là-dessus. Elle avait, en un mot, moins de beauté que d'expression. C'est le signe même de la vie, et il fallait être aussi préoccupé que je l'étais pour voir en elle une froide entité.

J'en doutais si peu que déjà je me creusais la tête pour deviner l'idée ou le caractère que je la soupçonnais de représenter. « Est-ce l'Ironie? » me dis-je, en observant ses yeux qui pétillaient de malice. Mais je pris garde que l'Ironie n'est point un vice, et encore moins peut-être une vertu. Elle a toutefois des alliances avec les deux familles ; d'où j'inférai que je n'avais pas trouvé encore, mais que je brûlais. Je regardais cependant cette personne avec une indis-

crétion que j'aurais jugée du plus mauvais
goût, si j'eusse pensé qu'elle fût femme.
Elle ne s'en effarouchait point et semblait,
à rebours, s'en amuser. Elle m'assassinait
de sourires, comme si son métier eût été
d'en vendre. Elle m'encourageait, elle me
provoquait à lui adresser la parole. Elle me
dépassait, je la dépassais à mon tour. Je
sentis le ridicule et l'inconvenance de cette
poursuite alternée, et pour y mettre fin,
comme nous étions à ce moment devant le
célèbre café Pedrocchi, j'y entrai.

J'en ressortis presque aussitôt : c'est une
cave, et je m'attablai sur la place même. Dès
que j'eus choisi ma table, l'inconnue, qui
était debout devant la porte, en prit une
autre à côté de moi. C'était l'heure du jour
où l'on ne rencontre par les rues que les
chiens, les allégories et les Français : elle ne
se souciait pas de me fausser compagnie.
Je commandai, par contenance, un granit
au citron, elle commanda un granit à l'orange.
On nous les apporta sur le même plateau.
Nous fîmes des gestes pareils pour saisir

chacun notre cuiller. J'eus le sentiment que,
si je frappais de cette cuiller ou du poing sur
la table comme le gentleman de Glascow,
l'apparition s'évanouirait ; mais c'est préci-
sément ce que je ne voulais pas. Je feignais
pourtant de ne prêter à l'intruse aucune
attention, et je gardais obstinément le silence.
Elle se mit à rire et dit tout haut :

— Quel dommage que ce ne soit pas un
péché !

Je tournai la tête malgré moi. La conversation était engagée, je n'y pouvais plus
rien. Je ne remontrai pas à ma voisine que
sa réplique n'était pas d'elle et qu'on la
cite un peu trop souvent. Sans lui répondre
ni perdre une minute, je lui dis, avec autant
de mauvaise humeur que d'impétuosité :

— Qui êtes-vous?

— Devinez ! fit-elle.

Je n'ai jamais su deviner une énigme.
J'en suis piqué d'autant plus que je déchiffre
sans peine les rébus et que j'ai la prétention
de lire dans l'âme d'autrui. Mais la dame
était bien plus forte liseuse de pensée que

moi et je n'avais sûrement pour elle aucun secret ; car, sans m'attendre, elle poursuivit, dans ce style emphatique et nuageux qui sied aux allégories et aux oracles :

— Je suis celle que le peintre n'a point priée à l'assemblée des Vertus et des Vices ; et comme je n'ai pas coutume d'aller dans le monde sans invitation, jusqu'ici je m'étais abstenue ; mais j'ai pensé que ma dignité me permettait de venir, puisque aujourd'hui quelqu'un me désirait.

— Qui ?

— Vous.

— Dites votre nom !

— Vous ne soupçonnez même pas votre désir ni votre curiosité !

Elle consentit enfin de m'instruire qu'elle s'appelait *Médisance*, et je sentis que je l'avais eu sur les lèvres au moment juste qu'elle l'avait dit ; mais je me récriai sur ma bonne fortune.

— On m'a fait commande, lui dis-je, d'écrire votre éloge, ainsi que notre maître Erasme improvisa pour se divertir celui de la

Folie, au cours d'un fastidieux voyage. J'aurais été bien empêché de plaider pour une cliente que le hasard obligeant ne m'eût point d'abord fait rencontrer.

— Oh ! dit-elle en riant, si j'en crois votre renommée, ce n'est pas d'hier que nous avons fait connaissance et même lié partie.

— On me diffame !

— On vous flatte.

— Parbleu ! dis-je. Puisque vous pensez de vos fidèles tant de bien... et de vous sans doute... c'est vous qui devriez prononcer votre éloge. Vous savez le proverbe : on n'est jamais si bien servi que par soi-même. J'écrirais sous votre dictée...

— Vous aimez que l'on fasse votre besogne.

— Ce n'est point paresse, mais il m'amuserait d'entendre une fois la Médisance parler avantageusement de quelqu'un, fût-ce de soi.

Elle me protesta que je ne la connaissais guère, si je la croyais d'humeur incompatible avec la Bienveillance, fût-ce à l'égard

du prochain. Je pensai qu'elle entamait son apologie, sans plus se faire prier ; mais elle se défendit de la pouvoir continuer à l'endroit où nous étions ; et comme j'avais appelé le garçon pour demander de quoi écrire, je dus, par contenance, demander *il conto*. Médisance daigna m'autoriser à lui offrir son sorbet, puis voulut me suivre à l'hôtel où j'étais descendu pour deux ou trois jours. Je ne me formalisai point de cette liberté.

Ce qui me gênait plus était de ne pas savoir si je devais, en sa compagnie, saluer les femmes du monde que je pourrais rencontrer par les rues. Elle pénétra ma pensée comme de coutume et me dit, en se moquant :

— Vous voyez bien que j'ai une tenue irréprochable ! Il le faut : on me guette.

Je partis bravement ; mais, trois pas plus loin, je sentis ma conscience embarrassée d'un autre scrupule ; et après avoir craint sottement de me compromettre en escortant une irrégulière, je tremblai que les passants ne me fissent les cornes s'ils prenaient garde

que ma compagne était une allégorie. Le portier de l'hôtel ne se trouvait point, grâce à Dieu, à son poste dans le vestibule, et je pus me glisser avec Médisance dans mon appartement sans être vu de cet homme superstitieux.

Une description poétique du décor serait oiseuse, mais je dois, pour l'intelligence de ce qui va suivre, indiquer la plantation et la mise en scène.

Cette chambre était à l'ancienne mode, avec une alcôve et, de part et d'autre, deux réduits dont l'un servait de garde-robe, l'autre de cabinet de toilette. Le lit, de palissandre et fort sculpté, trop large pour une personne, trop étroit pour deux, du moins pour un ménage désuni, occupait tout son logement et même débordait un peu. Une porte, à gauche, communiquait au couloir, et une porte vis-à-vis, mais présentement condamnée, à la chambre voisine. Deux tables d'acajou, montées sur des X arrondis et trapus et munies de miroirs ovales, se faisaient pendant à la cour et au

jardin ; elles étaient aussi pareilles que deux tables peuvent l'être en dépit de Leibnitz et de sa *Monadologie* ; mais elles différaient par leur destination, et l'on apercevait du premier coup d'œil que l'une était une table à coiffer, parce que j'y avais étalé les pièces de mon nécessaire, l'autre un bureau parce qu'elle supportait un buvard, un dictionnaire de poche, une méthode pour apprendre l'italien, et un tout petit *Penseur* de Michel-Ange assis entre deux écritoires. Le reste du mobilier était (outre ma malle) un fauteuil de palissandre comme le lit, orné comme lui de sculptures désolantes et dont le dossier s'évasait prodigieusement, plus deux chaises du même style.

Médisance, dès le seuil, daigna se récrier comme ce lieu lui semblait aimable, et je ne pus attribuer son enthousiasme qu'à un effort de politesse dont je lui sus gré ; car je n'avais aucune raison de croire qu'elle manquât absolument de goût. Mais, comme elle ne saurait faire un compliment qu'elle ne l'empoisonne d'une critique ou d'une insinuation, elle me demanda, en prenant un petit air renchéri, si je me passais de salle de bain.

— Médisance, lui ripostai-je, votre nom est femme. Je vois que vous possédez l'art, qui est propre à ce sexe, de détourner la conversation avant même de l'avoir engagée.

Je lui assurai, pour sauver mon honneur, que la salle de bain était « à proximité », c'est-à-dire que l'on y parvenait assez facilement malgré tous les détours des corridors et les révolutions de quatre escaliers, lorsque une Ariane à gages voulait bien, moyennant un pourboire supplémentaire, guider le voyageur à travers ce labyrinthe et en développer pour lui l'embarras incertain. Mais je la pressai de fermer cette parenthèse et de ne point me faire davantage languir après son éloge. Je me permis d'ajouter, non sans malice, qu'elle devait aussi avoir hâte de le prononcer, puisqu'elle était si contente de soi.

— Comment ne le serais-je pas? dit-elle en s'asseyant sur la malle.

— Prenez le fauteuil !

— Il est trop beau. Il m'intimide. On n'improvise pas dans un fauteuil ! Mais je vous ferai observer que c'est vous qui me coupez toujours.

Je m'excusai, elle reprit :

— Mon Dieu ! oui, je suis assez contente de moi. Pourquoi m'en cacherais-je? Je ne hais rien tant que la fausse modestie et, entre nous, toute modestie est fausse. J'ai horreur de cette hypocrisie-là, et des autres. Vous n'ignorez pas que les personnes même qui sont à mon égard le plus mal disposées ne m'accusent point de mentir ; on me reproche tout au plus de choisir, parmi les vérités, celles qui désobligent. N'est-ce pas mon droit? Je suis le conseil de la Sagesse des nations. Elle prétend que toute vérité n'est pas bonne à dire. Je diffère seulement d'opinion avec les bénisseurs sur les vérités qui sont bonnes à dire et sur celles qui ne le sont pas.

« Je tiens que mon rôle est utile et que j'exerce une salutaire influence. Parmi les moralistes, qui peut se flatter de réformer les mœurs, ceux qui les louent avec un stupide attendrissement, ou ceux qui les critiquent de parti pris? Les satiriques rendent aussi bien des services, et — lisez Boileau — ils ne se défendent pas d'être mécontents... d'autrui. Pascal, que Voltaire bombarde très justement « le premier des satiriques français », fut le grand trouble-fête de la sécurité, que Bossuet, après Luther, appelle « un certain état dangereux à l'âme ». Ne recherchons pas si les faiseurs de satires se proposent innocemment de corriger l'espèce humaine, ou s'ils cèdent à un goût pervers et s'ils ne notent les horreurs que pour avoir l'occasion et le plaisir de les peindre. Ceci est affaire entre eux et leur conscience. Je ne me permets pas de scruter leurs intentions et je ne vous autorise pas davantage à préjuger les miennes.

« Mais je n'ai pas d'ambition si haute. Je ne veux châtier ni sauver personne. Je ne brandis pas le fouet de la satire et je ne m'affublerais pas volontiers même du masque rieur de la comédie. Avouez que ce serait dommage. Je ne suis qu'une honnête femme. Je n'entends pas, vous le devinez, une femme qui n'a pas d'amants ; mais puisque l'on disait jadis « honnête homme » pour homme du monde et bien élevé, je puis bien, ce me semble, créer, pour l'usage de mon sexe, le féminin correspondant. Je suis venue ici-bas pour le salut du monde. J'ajoute, afin de rester dans la note évangélique, non pas que je suis le sel de la terre, ce serait trop ; mais vous m'accorderez que je suis le sel de la conversation. « Et si le sel perdait sa force, avec quoi diable salerait-on ? » a écrit Saint Mathieu.

— *Quoi diable ?...* Vous devez solliciter le texte.

— C'est l'esprit, sinon la lettre. Ne sauriez-vous garder votre sérieux ou le silence deux minutes ?

— Pardon.

— Je poursuis mon développement, mais je ne suis point la métaphore de Saint Mathieu. Je deviens colonne, s'il vous

ÉLOGE DE LA MÉDISANCE

plaît. J'ai cessé de tenir Ibsen un grand homme, quand j'ai vu qu'il ne me comptait pas parmi les soutiens de la société, moi qui me flatte d'en être le pilier le plus indispensable. Vous ne pouvez nier cela, si vous m'accordez que je suis l'assaisonnement, ou l'aliment de la conversation ; car elle est, dans nos pays, la fin même de la société. Les Orientaux se réunissent pour se regarder sans rien dire, et nous pour causer ensemble avec agrément même quand nous n'avons rien à dire. C'est ce qui fait, selon moi, toute la supériorité de notre civilisation. Si l'art des propos mondains ou familiers est, comme on nous l'assure, en décadence, alors il est temps de trembler : le grand soir approche. Mais je n'en crois rien. La bonne société n'a pas encore sacrifié ses privilèges sur l'autel de la démocratie. Elle sait trop ce qu'ils valent et que son existence même en dépend. Toute dame qui tient salon se flatte de tenir le dernier où l'on cause. Eh bien, je vous le dis en vérité, le dernier salon où l'on cause est celui que je daigne honorer de ma présence.

Je donnai ici quelques marques d'approbation, par politesse. Contente de son petit effet, Médisance fit une pause brève, moins pour souffler que pour escamoter la transition. Puis elle reprit le fil du discours.

— Peut-être, dit-elle, ne suis-je pas ennemie de la modestie au point où je m'en targuais tout à l'heure. J'ai trop d'impitoyable clairvoyance pour m'aveugler sur les défauts de ma meilleure amie, j'entends sur les miens, et je ne puis faire mon examen, avec la bonne foi que j'y apporte, sans être réduite à l'humilité ; mais il m'est bien difficile de ne pas tomber dans le péché d'orgueil si je me compare à autrui.

— Mon Dieu ! dis-je, cette formule est assez connue, et les orgueilleux l'ont rendue banale à force d'en alléguer l'excuse.

— Est-ce un motif pour que je la rejette s'ils n'ont pu la rendre fausse? Prenez garde que la recherche de l'originalité, poussée à l'excès, devient le véritable péché contre l'esprit.

Je dus lui accorder qu'elle avait raison.

— Eh bien, dit-elle, la première personne avec qui l'idée me puisse venir de me mettre en parallèle est naturellement celle dont le caractère s'oppose au mien trait pour trait. Elle n'a qu'un défaut, comme la jument de Roland : elle n'existe pas ; mais moi non plus. Mon néant me donne le droit de l'inventer. Ne sommes-nous pas ici dans la brumeuse région des abstractions à figure humaine? Elle n'a pas de nom : permettez-moi de lui en attribuer un qui est comme la contre-épreuve ou le négatif du mien. Nous l'appellerons *Bien-disance*.

— Je n'y fais pas d'objection ; mais, s'il est un néologisme inutile, c'est bien celui-là, qui ne répond vraiment à rien.

— Vous êtes plus malveillant que moi-même, vous êtes plus royaliste que le roi.

— Revenons à *Bien-disance*.

— Je ne vous souhaite pas de la rencontrer dans les salons. C'est une blonde sincère, mais fade.

— Vous êtes une brune piquante.

— Les Anciens, en leur simplicité, n'ont su imaginer que l'allégorie d'Hercule placé, à la croisée des routes, entre la Volupté et la Vertu. Il suivit, dit-on, la Vertu qui lui sembla plus belle. Si les modernes pratiquaient encore les mythes et les symboles, ils en concevraient de plus ingénieux, ces idées élémentaires ne les intéresseraient pas. Ils placeraient Hercule entre Bien-disance et moi, dans une antichambre. Je suis tranquille : c'est moi que suivrait le fils d'Alcmène. Je ne lui semblerais peut-être pas plus belle, mais l'autre lui semblerait plus ennuyeuse.

— Si vous n'avez pas de plus grave reproche à lui adresser !

— Celui-là ne vous suffit pas? Soit ! Laissez-moi vous expliquer le malentendu qui nous divise, elle et moi. Tous les torts sont de son côté. Ne vous étonnez pas si je parle avec quelque animosité de mon ennemie héréditaire. Elle usurpe la sympathie à mon détriment, et est cause qu'on me la refuse. Pourquoi? Je suis victime des appa-

rences, dont elle profite. Les gens super-
ficiels se figurent qu'elle voit tout en beau,
en d'autres termes qu'elle est optimiste.
Elle est idéaliste, il y a une nuance. Elle
sait aussi bien que moi que tout n'est pas
pour le mieux dans le meilleur des mondes ;
mais elle détourne la vue de ce qui est
laid sans remède, elle embellit ce qui n'est
laid qu'à moitié, enfin elle arrange : c'est
une école dont, en littérature, on a fait justice depuis longtemps. Je suis, depuis toujours, de l'autre côté de la barricade.

« Mais je ne suis pas non plus pessimiste
de parti pris. Les belles réalités ne sont
nullement à mes yeux comme si elles n'étaient
pas. Je les admire de tout mon cœur, mais
je garde de crier sur les toits mon admiration.
Je puis vous citer du latin sans craindre
que vous me traitiez de cuistre ; car c'est
une épithète d'homme et qui n'a qu'un
genre. Un poète a écrit :

> *video meliora, proboque,*
> *Deteriora sequor...*

J'ai à peine besoin de solliciter son texte pour dire à peu près la même chose que lui : je vois ce qui est bien et je l'approuve, mais de préférence je divulgue ce qui est mal. J'emprunterai encore au latin deux mots, pas un de plus, pour vous résumer d'une façon saisissante et j'ose dire lapidaire toute ma doctrine de la conversation : *bonum infandum*, le bien est la chose dont il est interdit de parler.

« Les écrivains de mœurs, soit qu'ils moralisent ex professo ou qu'ils content des histoires feintes, ont toujours observé cette loi. On reproche sottement aux romanciers de ne point prendre pour héros de braves gens : c'est que les braves gens n'ont pas d'histoire. On leur reproche de ne connaître point d'autre sujet que l'amour, et l'amour coupable : c'est que l'amour innocent ne comporte point de péripéties et qu'il ne saurait être, en effet, ni un sujet de roman ni un sujet de conversation.

« J'ajoute que les honnêtes gens sont d'ordinaire sans vanité. Ils s'étonnent qu'on

les loue de leur honnêteté, qui ne vaut, à leur sentiment, ni plus ni moins que l'orthographe. Ils ont aussi la pudeur de leur vertu, et on les désoblige si l'on en parle dans les salons ou dans les journaux. C'est ce que je ne fais point et ce que Bien-disance fait du matin au soir. D'où je conclus qu'avec des intentions probablement excellentes, elle tient des propos déplacés et elle use de procédés injurieux.

« Enfin, vous connaissez la théorie d'Aristote....

J'avoue qu'à ce nom je me récriai.

— Vous allez, dis-je, me faire douter que vous hantiez cette bonne compagnie dont vous prétendez être le plus ferme soutien. Vous abusez des citations, et vous venez particulièrement de prononcer un nom qui eût mis hors d'elle une ridicule grande dame de ma connaissance Je l'ouïs un jour se plaindre qu'une de ses nièces (qui est un poète de génie) fût entrée la veille dans son salon *en citant de l'Aristoche.* « Je ne veux pas de ça chez moi ! » disait-elle, transportée d'une sainte colère.

— Je me moque de votre grande dame, repartit Médisance, je me moque d'un faubourg Saint-Germain qui vous reçoit, et je vous répète que je vous défie de m'appeler cuistre, qui n'a pas de féminin. Je vous soupçonne de détourner la conversation, comme vous m'avez tout à l'heure injustement reproché de le faire, parce que vous ignorez « la purgation des passions » et que vous en êtes honteux.

— Je ne l'ignore pas, mais....

— Taisez-vous. Il est vraisemblable que je l'ignore encore plus profondément, et je n'en puis donner qu'une interprétation en termes familiers, qui ferait frémir Aristote. Mais blâme-t-on M. Taine, qui était penseur de profession, d'avoir traduit en langue vulgaire les philosophes classiques du xixe siècle? J'ai plus de droits que lui à cette liberté. Voilà bien des précautions oratoires, je me risque. Selon Aristote, les tragiques, et même les comiques ne sont pas seulement des amuseurs, mais des médecins, qui purgent l'âme du spectateur

des passions dont ils lui offrent le spectacle. J'imagine qu'ils se purgent aussi du même coup, et qu'ils éprouvent les premiers l'heureux effet du dérivatif.

— Il ne s'agit pas du tout de dérivatif ! Voilà bien ce que je craignais ! Vous allez vous couvrir de ridicule, et moi par la même occasion, en parlant de choses auxquelles vous n'entendez rien. Cette fameuse κάθαρσις est une sorte de remède homéopathique....

— Il importe peu à mon discours qu'elle soit dérivative ou homéopathique. L'essentiel est qu'elle ait une vertu curative. Dieu, qui ne hait pas l'ironie, a doué d'un pareil pouvoir et Médisance et Bien-disance. Mais je purge nos gens du mal dont je leur offre complaisamment le spectacle ; tandis que ma sœur ennemie les purge du bien dont elle leur rebat les oreilles et les en dégoûte pour la vie.

— Le paradoxe est gai, mais un peu fort. On a refusé naguère de prendre au sérieux un avocat éminent, qui, plaidant pour un jeune prodigue, fit à peu près dans votre style l'apologie de la prodigalité : n'espérez pas de faire avaler aux badauds l'utilité sociale de la calomnie.

— Voilà un faux synonyme que je repousse ; mais je vous sais gré de m'avoir, au mépris de la propriété des mots, jeté à la figure le nom de cette parente éloignée, que je désavoue. Elle ne m'en fait pas moins de tort aux yeux des hommes, et j'avais hâte de me mettre en comparaison avec elle pour me décrasser de ce cousinage. Je saisis avec joie la perche que vous me tendez.

« Le parallèle de Calomnie et de Médisance est classique, ce qui ne veut pas dire qu'il soit *ne varietur*, que l'on n'ait rien à reprendre aux formules officielles ni que l'on ne trouve rien à glaner pour renouveler le lieu commun. La seule différence que les tartufes qui m'en veulent feignent d'apercevoir entre cette vilaine et moi est une nuance de définition, et nous savons ce que valent ces distinguo. Il est assez généralement convenu que la Calomnie ment et invente, et que moi, je me contente de l'humble vérité. Encore l'opinion est-elle sur ce point si flottante que le bon Richelet, après avoir défini *médire*, selon l'étymologie, « mal parler de quelqu'un », appelle médisance « les paroles injurieuses et fausses qu'on dit d'une personne ». Il est vrai que la Calomnie en prend pour son grade. Richelet la définit « une accusation fausse ». Il lui décerne les épithètes *noire, infâme* et *outrageuse.* Il dit que le calomniateur « suppose à une personne un crime qu'elle n'a pas commis » ; et il allègue pour exemple cette phrase de Pascal : « Il n'y a rien de plus ordinaire dans vos écrits que la calomnie. » Littré déclare également que la calomnie est « une imputation que l'on sait fausse » ; mais plus prudent que son vieux confrère, il se borne à définir la médisance « discours de celui qui médit ». Enfin, il veut bien noter entre la calomnie et la médisance une différence de nature, et Richelet, à peine une différence de degré.

« Ni l'une ni l'autre ne me suffisent. Je

proteste que toutes ces définitions sont téméraires et qu'elles pèchent d'abord par inexactitude. Où prend-on que la calomnie mente nécessairement, et que je dise presque nécessairement la vérité? J'ai aussi de l'imagination, et j'ai plus de talent que ma cousine. Je suis artiste. Ce mot éclaire la discussion.

« Vous me recevez si bien quand je fais des citations des philosophes que je ne hasarderai plus d'invoquer leur témoignage ; mais sans nommer personne, vous savez bien que, du consentement universel, l'art a pour unique objet de procurer une émotion appelée esthétique, en d'autres termes qu'il a sa seule fin en soi. C'est une chose que veulent bien accorder ceux mêmes qui font des mines scandalisées si l'on ose, en leur présence, défendre timidement la doctrine de l'art pour l'art. Grâce à Dieu, ils ne sont pas à une contradiction près.

« Eh bien, je suis artiste : cela signifie que je suis désintéressée ; Calomnie ne l'est pas. Elle n'exerce pas, ainsi que moi, inutilement

son ministère. Comme il y a des buts de guerre, il y a des buts de calomnie. Elle sait ce qu'elle veut, et ce qu'elle veut, c'est nuire. Elle ne calomnie pas pour calomnier, mais pour nuire. Les seuls psychologues clairvoyants sont les rédacteurs du Code, qui n'ont eu garde d'oublier « l'intention de nuire », et qui excusent la diffamation la mieux caractérisée si elle est pure de cette méchante intention. Médisance médit pour rien, pour le plaisir. C'est cela, et non point un prétendu privilège de véracité qui distingue Médisance de Calomnie.

« Je ne veux pas tomber dans l'excès de Stendhal, qui prenait des leçons de littérature dans le Code Civil, et par admiration pour le style des législateurs diminuait le mérite des écrivains de profession. Beaumarchais a mieux dit que les juristes et moi ce que je viens de vous dire : « Calomniez, calomniez, il en reste toujours quelque chose. » C'est ce *quelque chose* qui fait que Calomnie n'est pas une artiste et n'a aucun titre à m'en disputer la qualification.

« Tous mes avantages sur elle s'ensuivent
de là, ainsi que toutes ses disgrâces. La
plus choquante est que, n'étant point artiste,
elle manque fatalement et de mesure et
de goût : il est, par un effet contraire, si
fatal que je n'en manque point, que je n'en
conçois, je vous le jure, nulle vanité. Je n'y
insisterais même pas, si je ne pouvais passer
la parole encore à Beaumarchais. Vous vous
rappelez la grande tirade de Basile? Je la
sais par cœur. Je n'aurais pas sans doute
pris la peine de l'apprendre si elle n'était pas
si désobligeante pour une personne que j'ai
des raisons de ne point aimer.

« La calomnie, Monsieur? Vous ne savez
« guère ce que vous dédaignez ; j'ai vu les
« plus honnêtes gens près d'en être accablés.
« Croyez qu'il n'y a pas de plate méchanceté,
« pas d'horreurs, pas de conte absurde, qu'on
« ne fasse adopter aux oisifs d'une grande
« ville en s'y prenant bien ; et nous avons
« ici des gens d'une adresse !... D'abord un
« bruit léger, rasant le sol comme hiron-
« delle avant l'orage, *pianissimo* murmure

« et file, et sème en courant le trait empoi-
« sonné. Telle bouche le recueille, et *piano*,
« *piano* vous le glisse en l'oreille adroitement.
« Le mal est fait, il germe, il rampe, il che-
« mine, et *rinforzando* de bouche en bouche
« il va le diable ; puis tout à coup, ne sais
« comment, vous voyez calomnie se dresser,
« siffler, s'enfler, grandir à vue d'œil ; elle
« s'élance, étend son vol, tourbillonne, enve-
« loppe, arrache, entraîne, éclate et tonne ;
« et devient, grâce au ciel, un cri général,
« un *crescendo* public, un *chorus* universel
« de haine et de proscription. Qui diable y
« résisterait ? »

« Voyez-vous Médisance, qui est de bonne
compagnie, faire tous ces grands gestes et se
livrer à cette action désordonnée? Même
pour vous réciter ce morceau, en mettant
le ton comme disent les jeunes élèves, me
suis-je dressée, me suis-je élancée? Ai-je
sifflé, éclaté, tonné, grandi à vue d'œil? Non,
je suis restée bien tranquillement assise sur
votre malle. Je n'ai donné que des indica-
tions. J'ai fait quelques inflexions de voix

et hasardé deux ou trois harmonies imitatives, mais seulement sur le *pianissimo* et le *piano* ; j'ai lâché la partie dès le *rinforzando*, et je n'ai pas essayé de faire à moi toute seule le « *chorus* universel de haine et de proscription ». C'est, encore une fois, que je suis une artiste : sentez-vous toute la distance qui me sépare de la Calomnie?

« Hélas ! les délicats, qui sont capables de la sentir, deviennent chaque jour plus rares. On pourrait tristement parodier le mot célèbre de Talleyrand et instruire les générations nouvelles que tous ceux qui n'ont pas vécu il y a une quarantaine d'années n'ont pas connu la douceur de médire.

« Ce n'est pas toujours la bonne volonté qui manque aux nouveaux venus ; mais comment résisteraient-ils aux influences du milieu? Je ne puis sans émotion me souvenir d'une charmante fille que j'ai perdue l'an dernier, qui me donnait les plus belles espérances, mais dont les naïvetés quand elle essayait de médire, ou même quand elle s'en défendait, étaient si énormes qu'on ne pouvait s'empêcher d'en rire aux éclats et de lui pardonner. Elle aimait les jeux du théâtre et elle aurait pu s'en dispenser ; car elle avait une de ces beautés souveraines qui n'ont pas besoin d'être exhibées sur une scène pour qu'on les remarque, et aux pieds de qui tous les hommes apportent sans se faire prier leur offrande. Paris n'oubliera pas de sitôt l'ardeur étonnée de ses grands yeux.

« Elle avait eu la fantaisie de se marier légitimement, et son mari est la seule créature humaine qu'elle ait jamais détestée de tout son cœur. Elle guettait sa mort et ne s'en cachait pas. On n'aurait pas été surpris qu'elle le tuât : elle a préféré se détruire elle-même. Elle s'est jetée, ou elle est tombée, de son yacht dans le Rhin, et les causes de ce suicide ou de cet accident sont demeurées mystérieuses.

« Tous les autres hommes qui l'avaient une fois approchée devenaient sacrés à ses yeux. Sa loyauté sur cet article n'admettait aucun tempérament. Elle n'était point de celles qui ont trop d'esprit pour être bonnes : elle en avait davantage, elle en avait trop pour être méchante. Elle ne souffrait point que l'on imputât au plus passager de ses hôtes la moindre action douteuse ou le moindre vice déshonorant. Il ne lui était pas toujours commode de faire observer cette loi, car elle recevait toute espèce de gens, de qui la seule raison d'être est de salir le prochain. Mais je l'ai vue leur tenir tête, je l'ai entendue leur crier :

« — Vous, si vous continuez, je vais vous mettre à la porte.

« Elle ne disait pas « mettre à la porte », son langage était plus vert.

« Malheureusement, elle n'avait pas reçu l'éducation bourgeoise, et son échelle des valeurs ne s'accordait pas avec la nôtre. Elle se fâchait si les convives qu'elle traitait ce jour-là osaient insinuer que telle amie ou tel ami qui n'y étaient point avaient pu se rendre coupable de peccadilles très vénielles : en revanche, elle les autorisait sans difficulté à charger l'absente ou l'absent de

péchés abominables, qui n'avaient, à son jugement, aucune importance, mais qui en ont beaucoup au regard de la morale éternelle. Plus réservée que moi-même dans l'exercice de la médisance, elle était souvent, à son insu, bien plus atroce que la Calomnie. Elle en riait la première quand par hasard elle s'en apercevait. Comment tenir rigueur à cette innocente?

« La mauvaise habitude que j'ai de parler à tort et à travers et de raisonner à bâton rompu est cause que je vous ai montré d'abord un exemple personnel de l'influence des milieux sur la faculté médisante. Je crois bien qu'en saine logique, j'aurais dû donner le pas au général et laisser faire antichambre au particulier. Tant pis !

« Il va de soi que cette influence du milieu est plus grossièrement sensible chez les peuples que chez les individus. Il est des races, ou il en fut, que le Ciel avait douées pour la médisance, ou pour l'ironie, ma sœur jumelle, comme les Athéniens au temps de Socrate. Il en est d'autres qui, avec des

dispositions moins heureuses et moins cons-
tantes, peuvent avoir des éclairs. Il en est
d'autres enfin, les plus nombreuses, qui
auraient tort de forcer leur talent : elles ne
médiraient point avec grâce.

« Je vous nommerai, parmi ces dernières,
l'allemande : je vous jure que je n'y mets
aucune animosité et que je ne méconnais pas
ses qualités solides, quelques-unes même
agréables ; mais si je la juge peu habile à la
médisance, c'est de son propre aveu. La
principale vertu de société dont se targuent
les Allemands est une sorte de bonhomie un
peu molle, un peu somnolente, assez banale,
et vous me l'accorderez sans que j'y insiste,
tout à fait incompatible avec mon caractère.
Un vice, dont ils se targuent aussi et qu'ils
feraient sans doute mieux de cacher, est « la
joie de nuire ». Je vous ai dit mon sentiment
là-dessus. Je médis sans jamais avoir l'intention de nuire. La joie de nuire, à plus
forte raison, me fait horreur. Il n'y a donc
point d'entente possible entre les Allemands
et moi.

« Je suis bien aise que la démonstration soit faite sans réplique à si peu de frais. Je ne me verrai pas obligée d'employer contre eux certains arguments qui pourraient leur sembler discourtois, et d'alléguer par exemple qu'ils manquent un peu trop d'esprit de finesse pour médire artistement.

— J'entends bien que vous ne le dites pas.

— J'ai toujours eu un faible pour la figure de rhétorique appelée prétérition ; mais lorsque j'effleure un sujet sans avoir l'air d'y toucher, il ne me plaît guère que l'on mette le doigt dessus... Vous vous teniez tranquille depuis dix minutes, c'était trop beau.... Je reprends.

« Les Anglais ont beaucoup d'esprit, et, quoiqu'ils lui donnent un autre nom, c'est assez l'esprit à la française, une moquerie légère et continue, qui peut irriter ou agacer, mais qui n'offense que les sots. Aussi me suis-je toujours demandé pourquoi ils tolèrent si mal les pointes ironiques de vos concitoyens, à quoi ils pourraient si bien

riposter. Et ce n'est pas d'hier : au xve siècle, votre chroniqueur Froissart écrivait déjà que «le duc de *Glocestre* ressoignoit les cavilla-cions et deceptions des paroles colorées des François». Je ne puis non plus concevoir pourquoi ils sont impropres à la médisance, puisque l'esprit de finesse ne leur a pas été refusé. Mais ils le perdent et détonnent dès qu'ils se risquent à parler mal de leur prochain. Le caractère positif de leur race reparaît, et ils commettent l'erreur impardon-nable d'articuler des faits précis. Une cer-taine brutalité qu'ils ont dans le sang reprend sur eux tout son empire. Ils brandissent des massues quand on pense qu'ils vont déco-cher des traits, et, au lieu de piquer, ils assomment.

« Pour comble, leur sincérité crève les yeux, et l'on n'a pas avec eux la ressource de mettre au point comme avec les autres médisants, qui pour ce motif sont, je vous le répète, divertissants et inoffensifs. Les Anglais ne savent pas mentir sans rougir, ce qui équivaut à ne mentir pas. L'incapa-

cité de médire m'étonne moins chez les Américains du Nord ; car ils sont tout à fait dépourvus de malice, bien qu'on leur en attribue à cause qu'ils parlent du nez.

« Je ne fais mention que pour mémoire d'autres peuples, notamment des Scandinaves, qui auraient peut-être des aptitudes, mais qui s'abstiennent de médire parce qu'ils sont puritains. Ils imitent la réserve d'Anne de Gonzague....

— Anne de Gonzague?...

— Oui. « Tant qu'il n'était point néces-« saire de parler, la sage princesse gardait le « silence ; la vanité et les médisances qui « soutiennent tout le commerce du monde « lui faisaient craindre tous les entretiens. »

— Qui a dit cela?

— Bossuet. Peut-on dire mieux que, sans moi, il n'y aurait plus du tout de monde ni de conversation ?

J'en demeurai d'accord. Je priai toutefois Médisance de citer moins abondamment, et j'attirai son attention sur la disparate que pourraient faire ces fragments d'oraisons funèbres, glissés dans une apologie d'un tour beaucoup plus familier.

— Bon ! dit-elle. Je ne le ferai plus, et je poursuis. Peut-être vous étonnez-vous que je n'aie pas attribué la première place dans cette revue aux Italiens, qui présentement nous offrent l'hospitalité. C'est que, l'avouerai-je? ils m'ont déçue. Nul peuple n'est moins empêché d'esprit géométrique et n'a plus à revendre d'esprit de finesse. Ils devraient être mes meilleurs élèves, ils ne m'ont jamais donné une entière satisfaction.

« Naturellement, ma critique avisée a su démêler les causes de ce *fiasco* (pour emprunter leur langage). On le doit, si je ne m'abuse, imputer à leur tempérament, qui est d'une naïveté singulière, et au défaut de centralisation. L'amour, qui est partout l'unique sujet de médisance, est chez eux l'unique sujet de conversation ; mais ils le prennent au sérieux, ils croient, comme on dit vulgairement, que c'est arrivé. Ils sont trop bon public, et même dans les couloirs, pendant les entr'actes, un public qui vient de « marcher » ne « débine » pas la comédie.

« Stendhal fait des peintures charmantes de ce bastion de la Porte Orientale, à Milan, qui était le lieu du corso. Les équipages y étaient arrêtés sur quatre files, à l'ombre des grands marronniers. Les hommes, debout à la portière des voitures, les femmes, assises et penchées, bavardaient avec une volubilité incroyable, et ce caquetage, dans le jargon du pays, s'appelait *pettegolismo*. Les malheureuses, qui n'avaient point d'amis ou d'amants, faisaient descendre leur cocher du siège et il leur donnait la réplique. De quoi parlait-on? De l'amour des autres. Mais on parle sans malice de ce qui est sans hypocrisie, et grâce à l'ingénuité des mœurs, le *pettegolismo* n'était pas la médisance.

« Milan est devenu depuis lors une ville si moderne que la médisance, le *pettegolismo* et, je le crains fort, l'amour même en sont maintenant bannis. Je vais vous faire un aveu : je ne suis pas dans le mouvement. Je

suis inféodée au capitalisme et le socialisme
m'exclut.

« Le ton de la compagnie ne saurait être le
même en Lombardie et dans le midi de la
péninsule. Je suis sensible au climat et aux
variations de la température. J'aime Naples,
mais j'y deviens nonchalante. J'y ai des
digestions laborieuses et, après les repas, à
l'heure où je devrais tenir des propos animés,
je fais la sieste. Enfin, au diable la politique !
Je ne veux pas rouvrir la question romaine.
Nul n'est plus persuadé que moi que la Ville
Éternelle est et restera la capitale du
royaume d'Italie. Mais, dans les anciens
États pontificaux, je prends malgré moi
de certaines façons ecclésiastiques et, pour
tout dire, je ne me sens pas laïcisée.

« Je me plais davantage à Venise et, si je
n'y ai pas élu domicile, j'y viens pendant la
saison. J'y étais hier encore, j'y retournerai
demain, je n'ai fait cette fugue à Padoue que
dans le dessein de vous rencontrer. Mais
vous confesserai-je qu'à Venise même, je
trouve bien des sujets de désillusion? La

médisance n'y semble point naturelle et se soumet à une étiquette. Elle est obligatoire, indispensable, dénuée de fantaisie et d'originalité. Elle est ensemble provinciale, cosmopolite et entachée de snobisme.

« On ne sait point envisager les scandales sous l'aspect de l'éternité : on les farde de couleur locale. Les plus innocents se flattent d'être empoisonnés par le vent perfide et chargé de miasmes qui souffle sur les lagunes ; ils affectent eux-mêmes ou imputent à autrui des dépravations qu'ils ne connaissent que par leurs lectures, s'ils savent lire. Tout cela n'est pas bien méchant, mais bien ridicule, et ce n'est que leur façon de médire qui pourrait prêter à la médisance.

« Où tend ce long discours? Vous le devinez. Je n'ai fait la critique des autres nations que pour mettre mieux en valeur l'éloge que je veux faire des Français. Vous vous attendez que je dise, comme François Villon :

Il n'est bon bec que de Paris.

« Je le dis, pour ne vous point faire de

peine, mais je ne puis vous dissimuler que les Français eux-mêmes m'en ont fait beaucoup depuis une dizaine de lustres. Je vous ai cité le mot célèbre : bien modeste si, pour me juger, je me place vis-à-vis de moi, sans plus ; suffisante si je me compare à autrui. Je suis habituée à me comparer dans tous les pays du monde, depuis infiniment plus de sept mille ans qu'il y a des hommes et qui médisent ; mais c'est pour la première fois, au cours de ce siècle-ci, que j'ai eu lieu de me comparer en France. Pauvre France !

« Croiriez-vous... mais suis-je sotte ! vous devez le savoir... qu'ils ont inventé des succédanés de la médisance ! Ces produits similaires ne devraient tromper personne. En fait, si peu de gens ont le bon usage du monde, que presque tous sont leurrés et prennent, par exemple, la *rosserie* pour moi. Je rougirais d'articuler ce mot canaille si la bâtarde que je viens de nommer n'avait eu un membre de l'Académie française pour parrain : il est vraisemblable que nous verrons un jour ou l'autre son nom dans le dictionnaire. Je ne le pardonnerai pas à Jules Lemaître, mais je dois convenir que ce nom n'est pas mal inventé. Il décèle tout ce qu'il y a de perfide et d'intéressé dans la « rosserie » qui n'est pas seulement la médisance du pauvre — du pauvre d'esprit — mais une calomnie sans grandeur.

« Vous sentez, je l'espère pour vous, combien je suis excédée de mépris, quand on me vient compter que cette rosserie, cette caricature de moi, me fait concurrence avec avantage et m'aura bientôt supplantée dans les salons de Paris. Je renonce à une lutte qui n'est pas de ma dignité. Hélas ! si l'on m'eût dit que je serais un jour réduite à me mesurer avec des adversaires d'une qualité encore plus vile ! Mais je n'oserais point nommer celle à qui cette fois je pense.

— Dieu ! dis-je, prenez sur vous et ne mettez pas ma curiosité à la gêne.

— Non, non, il est des mots que moi-même je ne saurais entendre ni, à plus forte raison, prononcer.

— Si vous m'aidiez, je devinerais. Vous pourriez me dire : « C'est toi qui l'as nommée. »

— Vous n'auriez aucun mérite, il n'y a point de difficulté et je m'étonne que le nom ne vous soit pas déjà venu aux lèvres.

— Vous parliez d'une adversaire indigne : s'agit-il d'une rivale?

— Point, mais d'une puissance qui n'a aucun lien de parenté avec la mienne, et cependant la contrarie. Elle a en peu d'années établi son pouvoir sur tout le monde et la France même n'en a pas été préservée. Je ne puis respirer dans l'atmosphère lourde et infecte qui l'environne, ni trouver contre elle un refuge en aucune région de la terre, car son empire est universel. Il n'est plus d'îles fortunées, il n'est plus de jardins secrets. Partout où mes pas me conduisent, je me sens au pays du....

— Parbleu ! m'écriai-je en l'interrompant, afin de lui épargner le mot qui la rebutait, j'aurais dû m'aviser plus tôt de quel fléau vous parlez et de quelles gens : car

je partage vos sentiments à leur égard, et comme dit Orgon dans *Tartufe* :

Du meilleur de mon cœur je donnerais, sur l'heure,
Les cent plus beaux louis de ce qui me demeure,
Et pouvoir à plaisir sur ce *mufle* assener
Le plus grand coup de poing qui se puisse donner.

— Eh bien, dit en souriant Médisance, c'est vous en effet qui les avez nommés. Comment voulez-vous que je m'entende avec ces gens-là, et surtout que je me fasse entendre d'eux? Ils m'ont quasi réduite au silence dans les salons, où ils règnent. Je ne m'étais pas depuis longtemps si bien délié la langue que je viens de faire dans cette chambre d'auberge où, Dieu merci, vous ne recevez pas de ces espèces.

Hélas ! elle n'était pas au bout de sa réplique, un petit chasseur frappa, entra et me dit :

— On vous appelle au téléphone.

Je m'excusai auprès de Médisance, et j'allai un moment dans le corridor, où se trouve la cabine. Lorsque je revins, je pense que j'avais le visage décomposé, car Médisance, qui est physionomiste et qui n'est pas méchante personne, me demanda d'un ton compatissant si l'on venait de m'annoncer la mort ou la ruine de toute ma famille.

— On vient, dis-je, de m'annoncer une visite. Ah ! c'est la journée des apparitions ; mais la vôtre était inattendue et charmante ; au lieu que nous aurions dû prévoir celle-ci, puisque le proverbe dit : Si l'on parle du loup...

— Quoi? Est-ce donc celle à qui nous venons de donner son paquet, en évitant de la nommer?

— Oui et non. C'est elle, mais sous le visage d'un de mes confrères de la basse presse, qui la personnifie à merveille. Il fait la chronique scandaleuse des saisons. Il travaille maintenant à Venise, il a eu la fâcheuse idée de venir se promener à Padoue, et averti, Dieu sait par quelle police, que j'y étais, il veut me prendre un interview.

— Vous n'allez pas le recevoir?

— Il me traînerait dans la boue !

ÉLOGE DE LA MÉDISANCE

— Espérez-vous qu'il ne vous y traîne pas, si vous avez l'imprudence de causer avec lui cinq minutes?

— C'est juste, mais il est trop tard, on le fait monter.

— Je ne veux pas le rencontrer, adieu.

— Ne m'abandonnez pas ! Je vous jure que je l'expédie. Entrez dans ce petit cabinet, d'où vous pourrez tout voir et tout entendre.

Elle y daigna consentir. Je fermais la porte sur elle : au même instant l'autre porte s'ouvrit, et le chasseur introduisit le personnage. Il s'appelait déjà, de son nom de famille, Robert-Robert, et ses parents, qui avaient de l'esprit, l'ont encore appelé Robert à son baptême.

— Vous étiez avec une femme? me dit-il dès le seuil en reniflant avec grâce.

Je lui fis observer assez brutalement que mes affaires ne le regardaient pas ; puis j'eus honte de le maltraiter : il est déférant et il a un certain sentiment des distances. Sa seule vanité est de croire qu'il exerce un sacerdoce, et que nul ne ferait mieux que lui sa besogne ; mais il n'a pas la prétention d'être « éminent », il se contente d'être « notoire ». Il ne sait pas trop bien le français : il ignore que cette épithète ne s'applique pas aux personnes, mais seulement aux choses et aux faits. Comme le proverbe dit que rien n'est si bête qu'un fait, je ne fais nulle difficulté de le qualifier « notoire » tant qu'il veut.

Obligé par profession de fréquenter le beau monde, qui, par précaution, ne le tient pas trop à l'écart, il se flatte de s'habiller à ravir et d'être un arbitre des élégances. Il faut que je sois tout confit en bonté, car je ne l'ai jamais tiré de cette illusion. Enfin, il est bouffi et satisfait. Il protesta une fois de plus que sûrement il me dérangeait, mais tant pis, et qu'il saurait bien se faire pardonner, car il était venu tout exprès à Padoue pour me donner l'étrenne du dernier cancan à sensation, qu'il appelait, bien entendu, *sensationnel*.

Là-dessus, il entreprit de me conter une histoire dont les héros semblaient être des

majuscules, car il ne les désignait que par leurs initiales. Il s'agissait de la femme d'un major anglais, invitée la veille, sans son mari, dans un palais princier mais fort mal famé, proche l'Académie des Beaux-Arts. Le major n'avait fait semblant de rien, mais s'était introduit dans les cuisines du palais juste à l'heure du repas, et ce mari de mauvaise humeur avait précipité tous les plats dans le Grand Canal.

Je connaissais les personnages, et l'aventure, à la Goldoni ou à la Casanova, m'eût semblé divertissante, si un autre conteur, ou Médisance elle-même me l'eût contée.

« Elle n'est point fort à son aise en cette armoire, pensais-je. Mais si elle écoute, comme je crois, elle doit goûter ce plaisir de se comparer dont elle est si friande. »

— Il faut, poursuivit Robert Robert-Robert, que je vous lise la petite chroniquette que j'ai troussée là-dessus.... Au fait je vous y ai donné un rôle. Cela vous fera toujours un peu de réclame, et m'a permis de crayonner un portrait de vous qui me taquinait depuis longtemps.

Je soupirai, puis je pris la pose, et j'essuyai la lecture d'un texte que je sens bien que je devrais reproduire ou résumer pour l'intelligence de mon récit ; mais si peu que j'aie d'orgueil au physique et au moral, je n'aurai jamais le courage de m'infliger à moi-même cette mortification. Je suis persuadé que l'imbécile était de bonne foi et pensait me flatter, qu'il me salissait et me caricaturait innocemment, à la manière de cette belle comédienne dont Médisance me parlait tout à l'heure.... Cela me fit songer que la visiteuse était toujours là et ne perdait pas un mot. Si j'avais été seul à écouter ces ridiculités et ces horreurs, je les aurais endurées avec une superbe indifférence ou même avec une douce gaîté ; mais je crus ouïr Médisance étouffer un rire fort désobligeant pour moi. D'un geste brusque, j'imposai silence au récitant ; je me levai ; le rouge au front, je me dirigeai vers le cabinet... On ne sait jamais comment ni pourquoi ces fantômes de l'imagination entrent et sortent. Médisance avait disparu, à travers la muraille sans doute, mise en fuite, comme il fallait s'y attendre, par ce sot à qui j'aurais souhaité de si bon cœur

sur le mufle assener
Le plus grand coup de poing qui se puisse donner.

IMPRIMERIE CRÉTÉ
CORBEIL (S.-ET-O.)